Waiting for Papá
Esperando a Papá

By / Por René Colato Laínez

Illustrations by / Ilustraciones por Anthony Accardo

PIÑATA
BOOKS

Piñata Books
Arte Público Press
Houston, Texas

Publication of *Waiting for Papá* is made possible through support from the Clayton Fund and the City of Houston through the Houston Arts Alliance. We are grateful for their support.

Esta edición de *Esperando a Papá* ha sido subvencionada por el Fondo Clayton y la ciudad de Houston por medio del Houston Arts Alliance. Les agradecemos su apoyo.

Piñata Books are full of surprises!
¡Los libros piñata están llenos de sorpresas!

Piñata Books
An Imprint of Arte Público Press
University of Houston
452 Cullen Performance Hall
Houston, Texas 77204-2004

Colato Laínez, René.
  Waiting for Papá = Esperando a Papá / by René Colato Laínez; with illustrations by Anthony Accardo
      p.   cm.
  Summary: When a young boy and his mother come to the United States from El Salvador, leaving his father behind, the boy misses his father very much and wants to do something special to show him how much he cares.
  ISBN 978-1-55885-403-1 (alk. paper)
  1. Salvadoran Americans—Juvenile fiction. [1. Salvadoran Americans—Fiction. 2. Fathers and sons—Fiction. 3. Immigrants—Fiction. 4. Spanish language materials—Bilingual.]   I. Title: Esperando a Papá.   II. Accardo, Anthony, ill.   III. Title.
PZ73.C587 2004
[E]—dc21   2003051786
                                                                                              CIP

∞ The paper used in this publication meets the requirements of the American National Standard for Permanence of Paper for Printed Library Materials Z39.48-1984.

7 8 9 0 1 2 3 4 5 6   0 9 8 7 6 5 4 3 2

To Fidel Colato Chávez, the best Papá in the world and to Ludivina Galindo and William Chang for all their help and support.
—RCL

To Franco, Maria and Vincent, with love.
—AA

Para Fidel Colato Chávez, el mejor papá del mundo y para Ludivina Galindo y William Chang por toda la ayuda y apoyo.
—RCL

Con cariño para Franco, Maria y Vincent.
—AA

"I wish Papá could be here with me," I thought as I blew out the eight candles on my birthday cake.

I have not seen Papá for three years. When I was five years old, Mamá and I had to leave El Salvador. The detergent factory where Mamá and Papá worked was bombed during the war. Two days later, our house caught on fire. All my toys, all my clothes and even Papá's favorite boots were burned.

"Now, we do not have work, food, or a house," Papá said.

—Cómo quisiera que Papá estuviera aquí conmigo —pensé mientras soplaba las ocho velas en mi pastel de cumpleaños.

Hace tres años que no veo a Papá. Cuando tenía cinco años, Mamá y yo tuvimos que salir de El Salvador. La fábrica de detergentes donde Mamá y Papá trabajaban fue bombardeada durante la guerra. Dos días después, nuestra casa se incendió. Se quemaron todos mis juguetes, toda mi ropa y hasta las botas favoritas de Papá.

—Ahora no tenemos ni trabajo, ni comida, ni casa —dijo Papá.

Abuelo, Mamá's father, lived in the United States, "the country of promises and opportunities." He applied for visas to the Immigration Department, but only Mamá and I received them. Papá had to stay behind. There was no visa for him.

"Remember, Beto," Papá told me before I boarded the plane, "I will always be with you."

My heart broke in two pieces. One piece went to the United States and the other stayed with Papá.

Abuelo, el papá de Mamá, vivía en los Estados Unidos, "el país de las promesas y oportunidades". Él solicitó visas para nosotros en el departamento de inmigración, pero sólo Mamá y yo las recibimos. Papá tuvo que quedarse. No había visa para él.

—Recuerda Beto, —Papá me dijo antes de subirme al avión—. Siempre estaré contigo.

Mi corazón se partió en dos. Un pedazo se fue a los Estados Unidos y el otro se quedó con Papá.

In El Salvador, Papá could not find a job. All the shops and factories were closed. Going out in public was very dangerous. I was afraid for him.

In the United States, Mamá found a job in a sewing factory making jeans. After a year of work, she had saved enough money to go see Mrs. Barrios, a lawyer who could help us apply for Papá's immigration papers.

"How long will this take?" Mamá asked Mrs. Barrios.

"It can take a long time," Mrs. Barrios told us sadly.

"I don't want to wait," I started to cry. "I want Papá to be here right now!"

"Don't worry, Beto. I will do my best to help your dad," Mrs. Barrios told me.

En El Salvador Papá no podía encontrar trabajo. Todas las fábricas y tiendas estaban cerradas. Salir a la calle era bien peligroso. Yo tenía miedo por Papá.

En los Estados Unidos, Mamá encontró trabajo en una fábrica de costura haciendo pantalones de mezclilla. Después de un año de trabajo, ella había ahorrado suficiente dinero para ir con la señora Barrios, una abogada que nos podía ayudar a solicitar una visa para Papá.

—¿Cuánto se va a tardar esto? —Mamá le preguntó a la señora Barrios.

—Puede tomarse mucho tiempo —la señora Barrios nos dijo tristemente.

—No quiero esperar —dije y empecé a llorar—. ¡Quiero que Papá esté aquí ahora mismo!

—No te preocupes Beto. Haré todo lo posible para ayudar a tu papá —me dijo la señora Barrios.

Later that school year, during Social Studies, Miss Parrales put out a map on the wall and pointed to the United States.

"Did you know that when Christopher Columbus discovered the Americas, many people from Europe came to what we know as the United States? Since then, millions of people from other countries have come. They are called 'immigrants.' I am from Mexico. I am an immigrant too."

"Me too," I said to Miss Parrales. "Mamá and I came from El Salvador to the United States three years ago. Papá could not come. But we hope that he will come very soon so that he can be here with me. I miss him a lot!"

En el transcurso del año escolar, durante la hora de Ciencias Sociales, mi maestra, la señorita Parrales, puso un mapa en la pared y señaló a los Estados Unidos.

—¿Sabían ustedes que cuando Cristóbal Colón descubrió las Américas, muchas personas de Europa vinieron a lo que es ahora los Estados Unidos? Desde entonces, han venido millones de personas de otros países. Se les llama "inmigrantes". Yo soy de México. También soy una inmigrante.

—Yo también —le dije a la señorita Parrales—. Mamá y yo vinimos de El Salvador a Estados Unidos hace tres años. Papá no pudo venir. Pero esperamos que venga muy pronto para estar aquí conmigo. ¡Lo extraño mucho!

In the beginning of June, Miss Parrales asked us to bring a white T-shirt to school. Mamá and I walked over to the shopping center to buy groceries and the T-shirt.

When I was passing the shoe store, I stopped. In the window I saw a pair of brown boots. They were exactly like the ones that got burned in the fire! I looked at them and smiled.

"How much are those boots, Mamá?" I asked her.

"They are very expensive, *m'ijo*, seventy-five dollars!" She replied as we walked away.

A principios de junio, la señorita Parrales nos pidió que trajéramos una camiseta blanca a la escuela. Mamá y yo fuimos al centro comercial a comprar comida y la camiseta.

Al pasar por la zapatería, me detuve. En la ventana había un par de botas color café. ¡Eran iguales a las que se quemaron en el incendio! Las miré y sonreí.

—¿Cuánto cuestan esas botas, Mamá? —le pregunté.

—Son bien caras, m'ijo, ¡setenta y cinco dólares! —Mamá dijo mientras seguíamos caminando.

The Friday before Father's Day, Miss Parrales asked us to take out the white T-shirts.

"I want you to decorate the T-shirts with special paint," Miss Parrales told us.

With a brush, I painted Papá's face. Oh, how I wanted to see him again. I tried to paint his eyes, nose and the big smile that I had not forgotten. Below his face, I wrote with different colors: "To the Best Papá in the World."

Then the recess bell rang and I went to play with my friends.

El viernes antes del Día del Padre, la señorita Parrales nos pidió que sacáramos las camisetas blancas.

—Quiero que decoren sus camisetas con pintura especial —nos dijo la señorita Parrales.

Con un pincel pinté el rostro de Papá. Cuánto lo quería volver a ver. Traté de pintar sus ojos, su nariz y la gran sonrisa que yo no había olvidado. Debajo de su cara, escribí con varios colores: "Para el mejor papá del mundo".

Después sonó la campana para el recreo, y fui a jugar con mis amigos.

When we came back from playing soccer, Miss Parrales introduced us to a man who was visiting our class.

"Boys and girls, this is my friend Mr. Mario González," Miss Parrales said. "He is from Nicaragua and he works at 'Voice of the Immigrant' radio program."

Mr. González smiled and said, "This Sunday will be Father's Day. I would like each of you to write a letter to your fathers to tell him why he is special."

Cuando regresamos de jugar fútbol, la señorita Parrales nos presentó a un señor que estaba visitando nuestra clase.

—Niños y niñas, éste es mi amigo, el señor Mario González —la señorita Parrales nos dijo—. Él es de Nicaragua y trabaja en el programa de radio "La Voz del Inmigrante".

El señor González sonrió y dijo —Este domingo será el Día del Padre. Quisiera que cada uno de ustedes le escriba una carta a su papá para decirle por qué es especial.

On the back of my letter, I drew my Salvadoran house on fire. I also drew Mamá screaming and Papá holding me in his arms while I cried.

When Mr. González came to my desk to look at my letter, he also saw my drawing.

"Your letter is beautiful," he told me. "I would like to invite you to read it on the radio program this Sunday. Can your mother take you to the radio station?"

He gave me a note for Mamá with the telephone number and the address to the radio station.

Detrás de la carta, dibujé mi casa en El Salvador quemándose. También dibujé a Mamá gritando y a Papá cargándome en sus brazos mientras que yo lloraba.

Cuando el señor González vino a mi escritorio para leer mi carta, también vio mi dibujo.

—Tu carta es bonita —me dijo—. Quisiera invitarte a leerla en el programa de radio este domingo. ¿Te puede llevar tu mamá a la estación de radio?

Me dio una nota para Mamá con el número de teléfono y la dirección de la estación de radio.

Mamá was very happy for me. On Sunday, I dressed with my best outfit and went to the radio station. There, Mr. González introduced me to the audience and I read my letter:

Dear Papá,

You are very special to me because the wolf turns into a kitty cat when you are near. Your strong arms are my shield when I am scared. Your arms are the ladder that helps me get the ball out of the tree. Your shoulders are the airplane that lets me touch the sky. You are my hero, my champion and my best friend. You are everything, but you are not with me. Please come from El Salvador! I wish I could give you a green card. Mamá and I are waiting for you in the United States. I miss you so much.

A few minutes later, the telephone rang. It was an immigration lawyer. He spoke with Mamá for a long time.

Mamá estaba muy contenta por mí. El domingo, me puse mi mejor ropa y fui a la estación de radio. Ahí, el señor González me presentó a la audiencia y yo leí mi carta:

Querido Papá,

Tú eres muy especial para mí porque el lobo se convierte en un tierno gatito cuando tú estás cerca. Tus brazos fuertes son mi escudo cuando tengo miedo. Tus brazos son la escalera que me ayuda a bajar la pelota del árbol. Tus hombros son el avión que me deja tocar el cielo. Tú eres mi héroe, mi campeón y mi mejor amigo. Tú lo eres todo, pero no estás conmigo. ¡Por favor, ven de El Salvador! Cómo quisiera poder darte una visa. Mamá y yo te estamos esperando en los Estados Unidos. Te extraño mucho.

Minutos después, sonó el teléfono. Era un abogado de inmigración. Habló con Mamá por un largo rato.

After the radio station, we walked to the bus stop. Mamá was smiling because the immigration lawyer was going to help bring Papá to the United States.

"Papá will come soon!" she said.

We jumped up and down. We were so happy.

When we got off the bus at the grocery store, I noticed a soda can recycling machine. A lady got five dollars for a big bag full of empty soda cans!

Después de la estación de radio, caminamos a la parada de autobuses. Mamá sonreía porque el abogado de inmigración iba a ayudar a Papá a venir a los Estados Unidos.

—¡Tu papá vendrá muy pronto! —me dijo.

Brincamos de emoción. Estábamos muy felices.

Cuando nos bajamos del autobús en el supermercado, vi una máquina de reciclaje de latas de refrescos. ¡Una señora recibió cinco dólares por una bolsa grande llena de latas!

On Monday, before going to school, I put three cans I found in a plastic bag, and I took it to school with me.

My classmates laughed when they saw the bag with the three cans under my desk.

"There is too much trash in the city. We throw away many things that can be recycled. It is a good idea to recycle so we can live in a clean city," Miss Parrales said.

"I want to raise seventy-five dollars to buy a present for Papá," I told her.

"That's a lot of money. You will need to collect cans for a long time," she replied.

All of a sudden my friends said, "We can help you collect cans. With our help you can raise the money faster."

El lunes antes de ir a la escuela, eché tres latas que encontré en una bolsa de plástico y la llevé conmigo a la escuela.

Mis compañeros se rieron cuando vieron la bolsa con las tres latas debajo de mi escritorio.

—Hay mucha basura en la ciudad. Tiramos muchas cosas que se pueden reciclar. Es muy buena idea que reciclemos para poder vivir en una ciudad limpia —dijo la señorita Parrales.

—Quiero juntar setenta y cinco dólares para comprarle un regalo a Papá —le dije.

—Eso es mucho dinero. Tienes que recoger latas por mucho tiempo —dijo.

De repente, mis amigos dijeron —Todos podemos ayudarte a recoger latas. Con nuestra ayuda podrás juntar el dinero más rápido.

Within a couple of weeks, we had collected a lot of cans. On a Saturday morning, all my friends and I went to the recycling machine. We had about twenty-five large trash bags full of cans. Everyone in my class helped, including Miss Parrales.

"We are going to have a lot of money!" I told them as they helped put the cans in the machine.

In a few minutes we had a bag full of coins. Mamá helped me count them.

"You collected eighty dollars," Mamá said.

"I have enough! I have enough!" I said as I hugged Mamá.

En un par de semanas, habíamos recogido muchas latas. Un sábado por la mañana, todos mis amigos y yo fuimos a la máquina de reciclaje. Teníamos como veinticinco bolsas bien grandes llenas de latas. Todos en mi clase ayudaron, incluyendo a la señorita Parrales.

—¡Vamos a tener mucho dinero! —les dije mientras me ayudaban a meter las latas en la máquina.

En pocos minutos teníamos una bolsa llena de monedas. Mamá me ayudó a contarlas.

—Juntaste ochenta dólares —dijo Mamá.

—¡Tengo suficiente! ¡Tengo suficiente! —dije mientras abrazaba a Mamá.

On the very next day, Mamá said, "Beto, get handsome. We are going to the airport."

At the airport, we met Mr. González and some other people. They all talked while I looked at the big airplanes through the window.

Then, Mamá said, "Come! Someone very important wants to see you."

I saw a man standing with his arms wide open. I ran as fast as my feet could go. Our eyes filled with tears.

"Papá! Papá!" I screamed.

Papá, Mamá and I joined in a big tight hug.

Al día siguiente, Mamá dijo —Beto, ponte guapo. Vamos a ir al aeropuerto.

En el aeropuerto, encontramos al señor González, entre otras personas. Todos platicaban mientras que yo miraba los grandes aviones por la ventana.

Luego, mamá dijo —¡Ven, alguien muy importante quiere verte!

Vi a un hombre parado con sus brazos bien abiertos. Corrí lo más rápido que pude. Se nos llenaron los ojos de lágrimas.

—¡Papá! ¡Papá! —grité.

Papá, Mamá y yo nos unimos en un fuerte abrazo.

On the last day of school, Papá wore the T-shirt that I had painted for him. In the auditorium, Miss Parrales gave me a trophy for perfect attendance and a certificate for good behavior.

"Papá, all of this is for you," I told him. "I have another gift for you."

When Papá opened the box, he gave me a big hug.

"Papá, these are your favorite boots," I told him. "Will you always stay with me?"

"I will be with you forever," he said.

El último día de clases, Papá se puso la camiseta que yo le había pintado. En el auditorio, la señorita Parrales me dio un trofeo por asistencia perfecta y un certificado de buen comportamiento.

—Papá, todo esto es para ti —le dije—. Te tengo otro regalo.

Cuando Papá abrió la caja, me dio un gran abrazo.

—Papá, éstas son tus botas favoritas —le dije—. ¿Vas a estar siempre conmigo?

—Estaré contigo para siempre —me respondió.

René Colato Laínez was born in El Salvador. René migrated to the United States in 1985. *Waiting for Papá* is based on his immigrant experience. Like Beto, he had to leave behind his loved ones in El Salvador. René is a teacher at Fernangeles Elementary School in Sun Valley, California. All the children know him as "The teacher full of stories." René graduated from Vermont College with a Master's Degree in Writing for Children & Young Adults. He is a member of the Society of Children's Book Writers and Illustrators. This is his first children's picture book

René Colato Laínez nació en El Salvador. René emigró a los Estados Unidos en 1985. *Esperando a Papá* está basado en su experiencia como inmigrante. Al igual que Beto, René tuvo que dejar atrás a muchos seres queridos en El Salvador. René es maestro en la escuela primaria Fernangeles en Sun Valley, California. Todos los niños lo conocen como "el maestro lleno de cuentos". René se graduó con una maestría en Creación Literaria para Niños y Jóvenes en la Universidad de Vermont. René es miembro de la Sociedad de Escritores e Ilustradores de libros para niños. Éste es su primer libro para niños.

Anthony Accardo was born in New York. He spent his childhood in southern Italy and studied art there. He holds a degree in Art and Advertising Design from New York City Technical College and has been a member of the Society of Illustrators since 1987. Anthony has illustrated more than fifty children's books. His paintings have been exhibited in both the United States and Europe. When not traveling, Anthony Accardo lives in Brooklyn.

Anthony Accardo nació en Nueva York. Pasó su niñez en el sur de Italia y allí estudió arte. Obtuvo su Licenciatura en Arte y Diseño Publicitario en el New York Technical College y es miembro de la Sociedad de Ilustradores desde 1987. Anthony ha ilustrado más de cincuenta libros infantiles. Sus pinturas han sido expuestas en Estados Unidos y en Europa. Cuando no está de viaje, Anthony Accardo vive en Brooklyn.